그늘 없는 여름

석적고등학교 학생 시집

인사말

하늘이 멀리 보이는 날, 석적에서 한강을 보다

석적고등학교 학생들의 시집 출간을 진심으로 축하합니다. 친구들이 그동안 고심하고 노력한 결과물이 이렇게 멋진 형태로 세상에 나왔다는 사실에 큰 감동을 받습니다. 시는 단순한 글이 아니라, 우리들의 감정과 생각, 그리고 삶의 경험이 고스란히 담겨 있는 소중한 표현입니다. 그래서 시를 통해 느낀 감정을 다른 사람과 나누는 것은 정말 아름다운 일입니다.

문학은 우리에게 다양한 시각을 제공하고, 서로의 마음을 이해하게 해주는 힘이 있습니다. 학생들의 시를 읽는 독자들은 각자의 방식으로 시가 전하는 의미를 받아들이고, 감동받을 것입니다. 그것이 바로 시의 마법입니다. 여러분들이 한 줄, 한 줄 마음을 표현한 것이 누군가에게 울림을 줄 수 있다는 것은 정말 특별한 경험이 될 것입니다.

이 시집이 여러분들의 꿈과 희망을 담아내는 소중한 첫걸음이 되기를 기대합니다. 앞으로도 뚜벅뚜벅 역량을 다지고 세상을 향한 여러분만의 목소리를 선연하게 키워 나간다면, 여러분들이 내딛는 한 걸음 한 걸음들이 새로운 역사가 될 것입니다. 최근 스웨덴학술원(Swedish Academy)에서 들려온 한강 작가의 노벨문학상 수상은 여러분들의 희망과 지향점의 큰 이정표가 될 것입니다.

아울러, 여러분들의 가족과 지인, 지도해 주신 선생님들께도 감사의 마음을 전합니다. 여러분들을 지지해 주고, 응원해 준 분들이 없었다면 오늘 이 순간의 영광도 쉽지 않았을 것입니다. 앞으로도 서로의 꿈을 응원하고, 함께 성장해 나가는 분위기를 만들어가길 바랍니다.

이 시집이 여러분들의 인생 여정에서 소중한 순간이 되기를 기대하고, 여러분들의 창작력과 열정이 많은 사람들에게 선한 영향을 미칠 수 있기를 소망합니다. 여러분들의 무궁한 가능성을 굳건하게 믿으며, 다시 한 번 특별한 순간을 축하합니다. 젊고 전도유망한 문학청년 및 시인들의 앞날에 행복과 성공이 가득하길 기원합니다.

2024년 가을 석적고등학교 교장 차용석

차례

인사말 -

1부 난대 기류

2부 애석하게도, 여전히

1부

난대 기류

다시 만난 세계

임민정

나비를 쫓다 길을 잃어
어둠 속에 홀로 남은
날이 있었네.

별빛이 흐르면
계절이 흐르는걸 알게 된
날이 있었네.

다시 만난 세계
어린 날 놓쳐버린
나비를 쫓아

아직 조금 더
방황하라는 뜻인 줄 깨달은
날이 있었네.

눈

윤상현

스스로 어른이라 생각했었다.
부모님 말씀에 귀 기울여 순종하는 일은
촌스러운 일이라 생각했던 적이 있었다.

방황과 일탈은
가슴에 번쩍이는 훈장이라 여기고
뜻대로만 걸었던 길도 있었다.

비틀거리며 걸어온 길
변함없이 지켜보던
슬픈 눈이 있었다.

가시를 담아 보냈던 말이
슬픈 눈에 박혀 못이 된 줄 모르고

나의 바다

이예희

짭짤한 소금 내음 피어오르는 바닷가,
모래 위에 한 발 한 발 나아가면
코끝을 간지럽히며 바다의 향이 피어납니다.

바람은 부드럽게 머리카락을 쓸어주고,
해조류는 발밑에서 살살 움직입니다.

여름의 향기가 피어오르는 순간,
나는 추억의 파도에 휩싸입니다.

그대와 함께 바닷가에서
소라 껍질의 노래를 듣던 그때를 기억해요.
바다의 향기는 시간을 건너 나에게 다시 찾아옵
니다.

여름의 향기가 느껴지는 순간,
나는 그때로 돌아가 추억을 회상합니다.

그 바다의 향기에 실려 그대와의 추억도 불어오
네요.
보고 싶은 나의 바다

개미의 노래

작은 것들이 모여
작은 손길이 모여
큰 꿈을 이루는 이야기 들어보았나요?

작은 발걸음
가볍고도 묵직한
각자의 최선
서로를 믿고 가는 발걸음 보았나요?

혼자라서 안 된다며
포기하는 것에
쉽고도 당당했던 우리는
저 작은 것들 앞에서도 당당한가요?

작은 것들이 모여
작은 손길이 모여

큰 꿈을 이루는 이야기 들어보았나요?

인생

서창우

잔잔하게 흐르다가
거센 파도를 일으키는 바다

때로는 휩쓸리고
때로는 유유히 파도를 타고 헤엄을 치며

그렇게 사는 게
인생 아닌가?

그러면서 간간이
꿈을 꾸며 나아가는 게

그게 바로
인생 아닌가?

아름답기만 한 게
인생이라면

바다에 파도가
있을 리 없다는 믿음

그게
인생 아닌가?

씨앗

김효진

비가 오는 날,
우산을 써도 장화를 신어도
피할 수 없는 빗줄기가 춤춘다.

온 세상이 비에 젖어
휘몰아칠 때
그때가 바로 씨앗이 움트는 때.

보이지 않아도 숨어 있는 푸른 하늘,
비구름이 걷히면
꼬까옷을 입은 무지개가 웃을 것이다.

쏟아지는 빗줄기에
울며 떨며 절망하려 할 때
그때가 바로 무지개의 씨앗이 움트는 때.

그리운 제주

조수정

제주는 그냥 제주

바람의 노래 속닥속닥

푸른 바다가 속삭이던 그 곳,

제주의 하늘 아래 서면

우리는 그저 자유로웠지

제주를 그저 돌아다녔어

작은 손에 쥔 고운 조약돌,

소라 껍질을 귀에 대고

바닷소리에 꿈을 담아 보았어

하늘에 갈매기들

끼룩끼룩 끼룩끼룩

바다에 둥둥 뜬 우리

꺄르륵 꺄르륵 꺄르륵

오름 위에 올라가면

맑은 공기와 함께

사르륵 사르륵

내 마음도 가벼워졌어

우정의 나무

한지연

햇살 가득한 어느 날,
우리는 작은 씨앗을 심었다.
그 씨앗은 시간이 흘러
우정이라는 나무로 자랐다.

비바람이 몰아쳐
우정의 나무는 꿋꿋이 서서
서로의 곁을 지키며
그늘을 만들어 준다.

봄의 따뜻함, 여름의 열기,
가을의 낙엽, 겨울의 추위,
모든 계절을 함께 겪으며
우리는 더욱 단단해진다.

말없이도 전해지는
따뜻한 손길 하나,
서로의 아픔을 감싸 안으며
우리는 더욱 가까워진다.

이 나무 아래에서
솔솔 불어오는 바람처럼
우리는 웃고, 울고, 꿈꾸며
함께 자라난다.

세월이 흘러도 변치 않는
우정의 소중함과 가치,
그 나무는 늘 그 자리에서
우리를 지켜보고 있다.

바람처럼 차가운 그대에게

차진이

한 겨울 차갑던 바람처럼
우리의 사랑도 점점 차가워지네
나무 아래 약속했던 미래도
이젠 그림자 처럼 어두워지네

너와 나 같은 길을 걷던 발자국
이제는 각자의 길로 향해야 하네
한때는 영원할 것 같던 사랑이
바람에 날려 흩어지는 모래처럼 사라졌네

마지막 인사를 나누면
우리는 서로에게서 멀어지지만
가슴 속 깊이 남은 우리의 추억들이
이젠 우리의 마지막 사랑으로 남겠네

끝이란 말은 아프지만
새로운 삶을 위해
우리의 사랑은 여기서 멈추지만
또 다른 사랑을 할 수 있을까

안녕 이젠 한겨울 바람보다 더 차가운 그대여
우리가 사랑했던 날들을 이젠 가슴 속에 묻어두고
우리는 각자의 길로
천천히 다시 걸어가보자

추운 겨울의 온기

안나경

하얀 눈이 쌓인 거리 위를 걷는 나,
한걸음씩 터벅터벅 힘없이 걸어가는 발자국 소
리가
그리움의 무게를 더해간다

찬바람이 불어와도
나의 손에 닿는 따스함은 없고
그저 포근했던 너의 온기만이 그립다

눈물이 얼어붙는 추운 겨울날,
너의 미소와 함께 어울렸던 순간들이

가슴 깊이 남아 나를 찌른다

너와 함께했던 모든 시간들, 장소, 추억들이

머릿속에 맴돈다

그날의 따뜻한 기억을 안고 차가운 거리를 걷는 나,

너의 뒷모습이 서러워 눈물이 흐를 때

이 거리도 그리움에 젖어간다

떠나간 너에게 전하고 싶은 말들이

너무나도 많은데 너는 어떨까

나를 그리워하지는 않을까 생각하는 나,

이 거리가 우리를 다시 이어주길

추억 비

이정우

창밖에 비가 소리쳐
나를 부르는 듯
잊혀진 기억들이
내 마음을 깨어나게 하네.

행복했던 지난 날
지금은 추억이 되어
서글픈 미소를 머금어
비 내리는 거리를 걸어가면

우리의 이야기가
비에 실려 내려오네.
그리움이 날 부르네.

비의 속삭임에
내 마음은 더욱 깊어져

너를 기억하며
비와 함께 밤을 보내네.

창밖에 비가 소리쳐
나를 부르는 듯
잊혀진 기억들이
내 마음을 깨어나게 하네.

바람

이나영

네가 천천히

배불리 먹기를

네가 평안히

고요히 잠들기를

네가 우연히 바라다 본

하늘이 아름답기를

네가 생각한 걱정들이

겸연쩍게 풀리기를

네가 네 자신을

더욱 사랑할 수 있기를

네가 맞이한

내일의 아침은 따뜻하기를

그때 우리

이한서

어린 시절, 산 오르던 우리
발맞춰 웃던 그때 기억나?
바람 솔솔 불던 숲길에서
꿈꾸던 우리, 그때 우리

작은 손으로 잡은 나뭇가지
길을 잃어도 무섭지 않았어
세상은 크고 신기한 것들로
가득 차 있었지, 그때 우리

언덕을 오르며 수 많은 약속
서로 믿고 의지했던 순간들
힘들어도 절대 포기 하지 말자
정상에서 함께 웃던 그날

이제 어른이 되어 바쁜 하루
가끔은 돌아가고 싶어, 그 시절
복잡한 세상 속 순수함을 잃었지만
그날의 기억, 그때 우리

돌아갈 수 없는 시간이지만
순수했던 시절 다시 꿈꾸며
어린 시절 친구들과 산 오르던 날들
영원히 그리워, 그때 우리

난대 기류

백수민

뜨거운 햇살이 얼굴을 스치고
후덥지근한 공기가 코끝을 막아도
여전히 상영 중인 단편영화
너와 함께한 모든 순간들은
여름의 태양보다 더 뜨거웠다

남몰래 첫사랑이라 이름 붙였던 우리의 이야기
너무나 소중해 가슴속 깊이 숨겨 두었네

숨어 있는 그 마음 속삭임 되어
난대 기류를 타고 너에게 간다
이 기류가 너에게 닿을 수 있다면
형용할 수 없는 모든 감정을 담아
너에게 전하고 싶어

별빛을 세는 여정

어릴 적, 별빛이 내 가슴을 두드렸던 그 순간들은
순수하고 따스한 행복으로 가득 차 있었습니다.
그때의 나는 별을 세면서 미래를 꿈꿔왔죠.

어린 시절의 밤하늘은 아직도 내 안에 살아 숨 쉬
고 있습니다.
가끔씩 어린 시절의 별빛을 그리워하며
그곳으로 돌아가 별을 세어 봅니다.

별빛이 내 안에 살아 숨 쉬는 순간,
어린 시절의 행복과 꿈을 잊지 않기 위한
작은 행복한 여정이었음을 깨달았습니다.

2부
애석하게도,
여전히

이별을 축복하며

박세혁

또 다른 나의 떠남을 앞두고
우린 서로의 마음이 담긴
마지막 저녁을 함께했지

식사가 끝나 다가온 이별의 밤
또 다른 날 멀리까지
데려다줄 버스에 실린 이별의 아픔
하지만 우린 저녁의 웃음이 무심한 듯
어떤 얘기도 없이, 마음을 흘려보냈지

그 따뜻한 손길, 마지막 미소까지 소중했던
서로를 위한 마지막 진솔한 대화
버스를 기다리는 순간
우리의 우정이 깊어져만 가네

어쩌면 이별이 시작일지라도
우리의 인연은 시간을 다시 돌려
함께한 저녁의 따스함을 느끼게 해줄 테니

이제 떠나가는 나의 추억을
기원하며 서로 잡고있던 추억을 놓고
다시 만날 그날을 기다리며
저녁의 따스함이 우릴 감싸네

병원에서 만난 사람들

황지민

깜깜한 인생
그 안에 숨겨진
세상에 닿지 못한
말하지 못한 감정들

언어치료사의 따스한 눈길
아동부터 노인까지
언어치료사의 한마디에
마음의 문을 연다.

심리상담사의 부드러운 미소
경청의 눈빛, 공감의 마음
모두의 상처…
치유하기 위해
함께 나아가야한다.

작은 발음 하나하나
마음속의 두려움을 넘어서
한줄기의 빛이 비추기 시작한다.

자신을 가둔 어둠속에서 나오는 순간
아동부터 노인까지
모두의 목소리가 세상에 존재한다.

마음의 언어, 언어의 마음
그 속에 담긴 모두의 희망

이름없이 죽어간 독립운동가를 기억해

맑은 하늘을 뒤덮은 까마귀 떼를 향해 울부짖는다
그날의 울음이 아직도 귓가에 울려 퍼진다
뒤덮인 하늘을 바라보는 그들의 눈빛,
그 눈빛이 오늘도 우리를 응시하고 있다
그들은 맑은 하늘을 위해 목숨을 바쳤다
그 정신이 오늘날에도 여전히 살아 숨쉰다
하지만 잊은 채 살아가고 있다, 그 정신을
우리는 여전히 하늘을 향해야 한다
이제는 우리가 응시해야 한다
그들의 희생을 헛되이 하지 말아야 한다
우리는 다시 한번 하늘을 향해야 한다
 그리하여 우리도 맑은 하늘을 마주할 수 있을 것
이다

후회

이송현

나는 무심한 삶을 택했을 뿐

노력 없는 삶을 선택하진 않았는데

지난 날들이

빈 병처럼 공허하다.

당당한 척했지만

부끄럽지 않은 척했지만

아무도 모르게 나에게 물어 보았다.

네 삶에 진짜 후회 없냐?

고독한 내 인생

김동현

고독한 인생
정체 모를 심해 같고
거센 물살 같고

더 빨리 달려라.
더 앞서 가라.
모진 채찍질에도

혼자 묵묵히
위로해 줄 사람 하나 없는
고독한 인생

나는 힘내고
나는 살아가고
나만의 길을 찾아가고
나 홀로 그 길을 걸어 간다.

어쩌면

기회일지도 모른다.

나를 알아가고

나를 찾아가는

고독한

내 인생

나의 개

이시원

너의 눈 속엔 가족이 보여
즐거운 마음으로 집에 도착해
너의 작은 몸짓 하나하나,
나의 마음을 포근하게 해주네
나의 어리광쟁이 개야
집안 곳곳을 탐색하는 너의 모습
뛰면서 보이는 너의 웃음소리
우리 가족 속의 너
함께라서 힘든 일도 잊었네
밤이 되어 집에서 본 너와 나
조용한 숨소리 함께 나누는 꿈,
말없이도 전해지는 깊은 이해
너의 나의 동생 소중한 가족,
내가 많이 힘들어할 때도
너는 나를 치유해
나를 힘내게 하네

네 존재 자체가 나에겐 기쁨

사랑해 나의 개야

같이 살아가

놀이공원의 추억

이준환

놀이공원의 소음이 사라지듯이,
어린 날의 웃음도 사라져 버렸네.
가족들과 함께한 따스한 순간은,
이제 추억 속에 잠겨 있네.

홀로 서 있는 이 자리에서,
함께 했던 가족들의 손길이 그리워지네.
그리움의 파도가 내게 닿을 때,
어린 날의 향수가 다가오네.

잃어버린 웃음와 따스한 손은,
내 마음속에서 아득하지만,
놀이공원의 추억은,
회전목마처럼 돌아오네.

이제 외로움 속에서도,
놀이공원의 소음이 흐르듯이,
가족의 사랑이 나를 감싸주듯이,
나를 위로하네.

남겨진 것들에게

하늘에는 먹구름
강물은 먹물 빛
숲속의 새들도 떠나가네

플라스틱 쓰레기가 파도를 이루고
폐비닐과 농약병이 산을 이루고
새들이 떠나가고 사람도 떠나가네.

빌딩이 높아지고
GDP가 높아지면
우리네 삶도 높아 진다고

더 빨리 달리라고
더 높이 오르라고
그렇게만 배워왔는데

새들이 떠난 자리

사람도 떠난 자리

무엇을 위해 달려왔나?

갈라진 땅, 만나야 할 우리

손세현

한때, 우리는 꽃잎이었네
꽃잎이 여행하는 길 너머의 형제
손을 맞잡고, 마음을 나누던
순간들은 어디로 날아갔는가

함께 즐기고 즐기던 순간들
하하호호 웃음꽃 피던 시간들
함께 걸었던 길 위에
이제는 우리의 마음같이 차가운 바람만 불어오네

갈라진 땅, 멀어진 하늘
언제부터 이렇게 멀어졌는가
희망은 점점 자취를 감춰만가고
갈등의 불씨는 꺼지지 않네

하지만 결코 잊지 않을 것이네

우리가 꽃잎이었던 그날들을
평화의 불씨가 다시 타오를 날을
갈라진 마음도 다시 하나가 될 수 있음을

꽃잎이 만개하였던 이 땅위에
다시 피어날 희망의 꽃을
우리는 기다리리라
서로의 손을 다시 맞잡을 그날

꽃잎이 되리란 우리의 꿈은 아직 우리 마음속에
살아있을 것이네
우리 가슴 속 그 어딘가에

언젠가, 그 꿈이 현실이 되어
남과 북이 다시 하나가 될 때까지
우리는 반드시 노력할 것이네

고향의 향기

권성현

물결치는 논밭 사이
바람은 들꽃의 노래를 실어 나르고
햇살 빛나는 들판
황금 향기 가득했네.

흙내음 섞인 바람
가슴 깊이 스며들던
그런 날 있었지만

이제는
콘크리트에 묻힌 소음
매캐한 도시의 내음

고향의 향기는
어머니 품처럼 따뜻했었지.
별을 꿈꾸던

어린 시절 그 향기

도시의 불빛 아래서
고향의 향기 찾아
꿈을 꾸는 오늘

언젠가 다시 맡으리
그리운 고향의 향기

동주의 등불

안현준

깊은 밤, 짙은 어둠
희망은 작은 불씨로 남아
바람에 흔들리며 꺼질 듯 말 듯

무자비한 손길,
속삭이는 독,
유혹하는 거짓말,

성큼성큼 다가오는
섬나라 들짐승의
달콤한 속임수

두 갈래 길
마음은 흔들리는
나뭇가지

잃어버린 나라,
빼앗긴 땅
고향의 내음새에
눈물짓다가

다시금 다지는 결의
꺼지지 않을 저항의 등불
창밖에 밤비 속살거리는 밤

애석하게도, 여전히

남상현

애석하게도,

어둠의 강물에 잠겨
페이지를 낭비했던 날들 있었고

억압된 소망으로
심장을 죄어오던 날도 있었네.

나태함이 태엽으로
저녁을 휘감아
꿈은 곧 공허함이라 치부한 날이 있었고

아침은 잿더미로 열고
시간은 더디 가던 날도 있었네.

그러나,
절망의 그늘 속에서도
불꽃은 꺼질 줄 몰랐네.

잊혀진 꿈은 빛으로 빛나고
그것을 나는

여전히,
꿈이라 부르네.

소나기

김봉영

하늘을 덮는 비구름
태양도 눈을 감을 때

편견의 활시위는
사람들 손에서 당겨지고

지역과 성별
다른 피부색, 다른 사랑
그 모든 것이 과녁이 된다.

들리지 않는 목소리들
가면 속 세상에서 외면당하는 비명들
고층 빌딩과 함께 지어진 마음 벽

서로를 비추는 거울이 되지 못하고
깨트린 거울

조각난 파편
서로를 찌르는 말로 내리는 소나기

활시위를 내리고 마음 벽을 허물 때
소나기는 멈추고
하나의 빛으로
완성되는 거울

소라고둥

너를 찾아 헤맬 때

바싹 마른 모래 위로 파도가 밀려와

소라고둥을 두고 간다

바다의 이야기

소라고둥이 내게 전해주려는 듯

내 귀로 노랫소리를 흘려 보낸다

바다의 속삭임,

고둥의 노래 소리는 여전히 내 맘 깊이 남아

이 세상의 끝까지

엄마, 엄마

강수민

흐린 눈길 속 먼 곳만 바라보고 계시는 당신과
나의 기억 속에만 남아있는 희미해져 가는 저녁
하늘
어린 날 그 조그맣던 손은 이제
따뜻하지만 차가운 손등에 얹혀 있습니다.

바쁘다는 핑계로 놓쳤던 순간들이
당신의 힘겨운 숨소리가 되었고
그 숨소리는 칼바람되어 가슴을 찌르며
강물마냥 흘려보낸 순간들을 돌아보게 합니다.

시골 집 모서리에 피어난 곰팡이
무심했던 순간들을 하나씩 세어 봅니다.
여기서, 저기서, 얼룩진 창 밖으로
빗방울이 뚝뚝 스며듭니다.

당신이 내게 준
한없이 깊은 사랑
왜 이제서야 깨달았을까요

시들어가는 그 따뜻하고도 차가운 손등을 잡으며,
진심으로 미안하다고 전해봅니다.

지나간 봄

박상후

중학교 시절 봄은 나의 날개
아직도 눈에 선한 그때의 향기와 미소
바람이 부는 언덕길을 걷던 날, 나를 맞이해준 벚꽃
친구들과 함께 뛰어놀던 그 봄은 내 마음의 난로

그 봄은 한 마리의 새였다
꽃들과 함께 노래하며 마시던 봄의 향기
고등학생이 된 나는 봄의 기운을 다시 찾네
아아, 돌아가고 싶은 중학교 시절의 봄

봄은 언제나 다시 찾아오는데
그날의 봄은 다시 오지 않네
내 가슴 속에서만
살아있는 봄

3부
꿈꾸는 지붕

빗방울 친구들

김소희

비 오던 어린 날
창가에 떨어지던
빗방울 기억하나요?

찰방찰방
창문을 두드리던 빗방울의
작은 세상 기억하나요?

비 오는 창가에 모여
도란도란
우리는 행복했지요.

빗물처럼 흐르는 세월
우리도 흔적을 남기며 흘러가고

바쁜 일상에
지나간 날의 작은 창문
잊고 지내셨나요?

비 오던 어린 날
창가에 떨어지던
빗방울 기억하나요?

마치 영원처럼 느껴지지 않았었나요?

윤슬

옹민하

새까만 물감을 머금은 밤하늘
그 바탕 속에서 빛나는 별들
그 별들 속에서 밝은 달

밤하늘 아래
온 세상이 달빛에 비치어
찰랑찰랑 물결친다.

그 달 속 떠오른 한 얼굴
세상에서 가장 밝은 미소를
품은 나의 엄마

밤하늘 아래
엄마의 사랑이 나의 마음에서
찰랑찰랑 물결친다.

어둡고 무서운 세상 속 길을
엄마의 빛을 따라 건넌다.

빛 한줄기가 매일 내 앞에
오늘도 나는 온기를 느낀다.
엄마의 빛 아래에서

오! 독립

물들지 않은 벽 앞에서
그림자를 다시 그린다.
따스한 기억은 가슴 속에,
이제 홀로 설 때가 왔다.

고요한 밤, 그리움 밀려와
현실에 흔들린다.
아버지의 손길,
어머니의 미소,
이제는 추억이 된다.

처음 맞이한 아침,
익숙하지 않은 침묵 속에
마음은 낯선 곳을 헤맨다.
슬픔 속에서도
새로운 가능성을 본다.

이제 독립한 나는,
두렵지만 기대에 차 있다.
자유와 책임이 얽힌 길,
희망과 불안이 교차하는 밤.
부모님의 자랑이 되기를 바라며,
눈물 속에서도 웃음을 찾는다.

사랑을 버팀목 삼아,
내 삶을 새롭게 그려나간다.

꿈꾸는 지붕

바람이 솔잎을 스치며
해가 노을에 물든 빛을 감싸주는
녹색 지붕
할머니 집으로

온기에 싸여 느껴지는 그리움
소리 없이 흐르는 시간 속
잊혀진 추억들이 서서히 번져나갈 때
내 안의 꿈과 희망을 다시 일으키네.

할아버지를 묻은 땅
여름 바람이 스치고
꽃으로 다시 한번
피어나기를 기다리네.

잃어버린 꿈이 담긴 상자
꿈꾸는 지붕 아래
할머니의 손길이 닿아
아직 따습다.

가족

권윤슬

햇살 가득한 아침
함께 밥을 먹고
함께 궁금해하고
함께 답을 찾고

나른한 오후
소파에 눕고 창틀에 걸터앉고
가식 없는 일상
그게 가족

별빛 가득한 밤
불을 꺼주고
이불을 덮어주고
잘 자렴.

그게 가족

어둠 속의 아이

김민수

어둠으로 둘러싸인
작은 눈동자
행복은
슬픔의 그림자에 묻혀 버렸어.

그러나 빛이 비추는 곳에
희망이 있다는 걸 알기에
마음속 빛을 꺼트리지 않는다면
따스한 품 느낄 수 있을 거야.

나의 작은 친구야,
슬픔에 물들지 말고
아름다운 노을에 물들어 봐.

밤하늘이 켜놓은 달빛처럼
넉넉할 거야.

엄마의 바다

어머니의 눈 속엔 푸른 고향 바다
먼 곳에서 흘러오는 파도 소리,
어머니는 푸른 고향

고향의 향기가
그리움 속에 피어나면,
어머니는 눈을 감고
그리움을 묵묵히 안는다.

가슴 깊이 피어나는 그리움은,
고향으로 향하는 길을 밝혀줄까?

어머니의 사랑은 푸른 바다
어머니의 품은 영원한 고향

그리움은 끝없이 파도처럼 밀려와,
고향의 푸른 물결로 변모한다.

어머니의 마음은 고향을 향한 항해
시간이 흐를수록 더욱 깊고 강하게 흘러간다.

폭풍 속 행복

정예원

고난과 역경
지금 이 순간을 이겨낸다면
더 큰 사람이 되어 있을 거야

큰 파도가 몰아쳐
행복이 도망갈 때도
무서운 지진이 일어나
즐거움이 가라앉아도
폭풍이 불어와
자신감이 달아날 때도

하늘은 항상 너의 편
넌 그 누구와도 바꿀 수 없어

행복과 자신감을 찾아내
자신을 믿고

하늘을 향해 나아가
꿈을 향해 달려가
세상을 향해 소리쳐

내가 나에게

염이석

나는 너가 되기 위해
걷고 있어.

어떤 어려움도 이겨낼 수 있을 거라 믿어.
빛나는 날들이 반드시 기다리고 있어.
너가 원하는 것들은 늦게나마 이루어질 거야.

미래의 너에게 얘기하고 싶은 것이 있어.
두려움에 맞서고 계속 앞으로 나아가.
꿈을 향한 여정은 고난과 시련이 있겠지만,
그 모든 것들이 너를 강하게 만들어줄 거야.

포기하지 마.
내가 항상 너의 곁에서 응원하고 있을 거야.

너가 어려움을 이겨내고 꿈을 이룰 때까지,
나는 너를 응원할 거야.
그 길이 어려워도 포기하지 마.

미래의 너는 더 강하고 밝은 모습으로 기다리고
있을 거야.
나는 더 멋진 너가 되기 위해 걷고 있어.

미로

미로 속을 걷는다.
길을 찾아

도착지를 모르는
길을 찾아

불안과 두려움이
와락 덤벼들 것 같은 미로 속을

그래도
길을 찾아

불안의 끝에는
나가는 문이 있으리라 믿고

오늘도

길을 찾아

편지

전채연

깊은 그리움은
별들로 흩어지고

너 떠난 밤은
더 어두운 것 같고
별빛은 자꾸 희미해지는 것 같고

내 마음 말로 다 할 수 없어
함께한 추억에 미소 지으면
그리움은 눈물을 머금는 밤

그곳 하늘에도
같은 별이 뜬다면
우리가 함께 있다고 믿고

행복찾기

어둠 속에 홀로
푸른 빛이 들어오는 창,
마음 깊은 곳에 심어진
어린 날의 햇살처럼 빛나는 추억.

창밖엔 별들이 반짝이고
밤의 정적 속에 귀 기울이면
그 어린 날의 웃음소리
다시 싹 틔우는 추억.

따스한 햇살에 바람은 살랑
풍선처럼 부풀어 오르는 내 마음
잊혀진 그 시간 속에서
행복의 꽃을 다시 피우고 싶어.

별빛

우지원

이제는 잡을 수 없는 별빛만이 남은 하늘.

별빛을 보면 그 어린시절 기억이 우리를 깨우고.

그 시절의 따뜻한 별빛 이제는 만질 수 없네.

당연하다고 생각했던 어린 시절.

그 어릴적 황혼이 되면 뚜벅뚜벅 일을 끝내고,

퇴근하실때마다 한 손에 통닭을 들고오시던 그 날들.

그 시절 따뜻하던 통닭들도 우리를 반기듯 손을
흔 들어주던 그 시절.

이제는 차갑게 식어 별빛처럼 만질 수 없네.

그 시절 이제는 다시 돌아갈 수 없네.

별빛을 보며 그 시절 행복했던 기억을 마음에
되새기며.

그 그리움을 안고 다시 미래를 향해 달려가는
나

캔버스

새하얀 캔버스 위에 물든 마음
그곳에 내 마음을 풀어 놓는다.

푸르른 물결에게 색을 선물하는
하늘처럼,
노오란 해바라기에게 희망을 비추는
햇빛처럼,

색깔에서 이야기가 흐르고,
색깔에서 꿈이 피어난다.

붉은 장미에서 피어나는
열정처럼,
녹색 숲에서 자라나는 생명의
숨결처럼,

붓끝에서 감정이 화려하게
피어나고,
붓끝에서 세상이 잔잔하게
자라난다.

알록달록 캔버스 위에 물든 마음
그곳에 나의 모든 것이 있다.

펜데믹 세상

유용범

이웃과의 대화는 창문 너머 희미한 빛,
검은 벽의 그림자 아래 우리는 멀어졌네.
마스크 뒤에 숨은 웃음, 눈인사로만 전해지고,
서로의 인사말도 이젠 조심스레 던져지네.

창문 너머로 보이는, 그리운 얼굴들,
한때는 하하 호호 웃고 떠들던 정겨운 이웃.
하지만 지금은 각자의 집 안에서,
조용히, 혼자만의 시간을 보내고 있네.

검은 벽은 물리적인 벽보다 높아만 가고,
이웃 간의 온기는 점점 식어만 가네.
그러나 희망의 끈을 놓지 않으리,
언젠가 다시 이 거리를 좁혀갈 날을 기다리며.

4부

내 여름은 너

첫 친구

첫 친구를 사귀었던 날 기억해.
낯선 학교 낯선 교실
그냥
옆에
앉을 수만 있어도
고마웠던 날
있었는데

내 여름은 너

나한별

햇살 가득한 여름 끝자락에서
우리는 마주쳤어.

도란도란 이야기하며
우리는 서로를 바라보고 웃었지.

시원한 바람이 스쳐 지나가며
너의 머리카락이 흩날리고

너의 눈동자와 너의 미소는
내 마음을 빛나게 하고 있었어.

너도 나와 같은 마음이었니?
첫사랑의 설렘으로 가득 찼던 그 밤

첫사랑

김소현

그 여름날

너와 나,

바닷가에서

햇살보다 반짝이던 너의 미소

따뜻한 햇볕

더 따뜻한 모래밭

그냥

그저

말없이

오래

걷기만

소나기의 사랑

여름날의 햇살이 내리던 그 날,
무성한 더위도 거센 소나기도,
우리를 멈출 수 없었던,
순수한 사랑의 기억이 그리워질까

햇살 아래 우리의 손이 맞잡았던 그 날,
그 순간의 따뜻함이 내 안에 남아 있으니
투두둑 투두둑 소나기가 지나가도,
그리움은 여전히 내 마음을 간직하고 있으니

어른이 되어 그리움을 회상하는 이 날,
그 순간의 행복한 추억들이
내 마음 깊은 곳에 활짝 피어나 있으니

내 마음속에 그리움의 소나기가 내리는 이 날,
투두둑 투두둑 그리움에 잠겨,

나는 여름날의 사랑을 다시 한 번 느껴보네

여름날의 그리움이 내리는 이 날,

무성한 더위도 거센 소나기도,

우리를 멈출 수 없었던,

순수한 사랑의 기억이 그리워질까

여름아

서효주

여름이여, 너는 항상 내 마음 깊은 곳에 머물러.
그 해변가에서의 여름, 파도 소리가 채워지는 밤,
별들이 춤추듯 빛나던 그 순간들이 여전히 내 머릿속을 맴돈다.

해가 지면 나타나는 붉은 노을이,
우리의 손을 꼭 잡아주던 그때를 기억해.
바다가 부드럽게 노래하는 소리,
그리고 함께한 우리의 작은 이야기들이 너무나 그리워.

여름아, 너는 항상 특별한 순간들을 선물해줬어.
지금은 추억이 되어 내 마음속에 영원히 남아,
빛나는 여름의 기억으로 나를 감싸 안아준다.

여정길

김채원

찬란하고 아름다운 바다 위를 건너
시간은 나의 성장과 변화의 여행길에
인도자가 될 거야.

새싹이 돋아나는 소리로 시작해 ,
가뭄과 같은 시련을 만나며
그 뿌리 속에서 성장하는 나를 만날 수 있겠지.

성장은 때로는 어렵고 아픈 변화를 수반할 수
있지만,
나는 계속 여행하면서 나의 꽃을 피울 거야.

오늘보다 더 나은 내일을 향해 화려한 꽃잎이
필 그날까지 멈추지 않고 달릴 거야.

노력의 결실

교실 한구석
조용히 앉아
행복한 미래를 꿈꾸며
오늘도 묵묵히 야간자율학습

한숨만 나오던 순간도
다시 생각해 보면
나를 키운 자양분

포기하지 않고 걸어온 길
드디어 주렁주렁 노력의 열매
내가 딸 열매는
대학 합격 통지서

-예준아, 그만 눈 떠라

아!
꿈이 아니었다면
얼마나 좋았을까?

열일곱 내 인생

임강섭

그때의 우리는
창밖 햇살처럼 반짝였고
시간은 참 천천히 흘렀지요.

초등학생 우리는
네 번째 종이 울리면
긴 하루가 끝났다고 생각했었지요.

이제 우리는
책더미의 끝없는 문제 속에서
아홉 번의 종이 쳐도 마음이 묶여 있지요.

고등학생이 된 우리는
열 번째 종이 울리면 학원 버스를 타러 가요.
이제 시작일 뿐이라는 걸 알지요.

어릴 적의 기억 속에서

햇살은 여전히 따듯하고

바람은 여전히 살랑거리는데

달빛 길

이지아

쌓여가는 수행평가
다가오는 지필평가

머릿속은 복잡해지고
마음은 지쳐가네요.

불안은 커지고
의지는 작아지네요.

긴 하루 끝에 교문을 나서는데
저 하늘에
작게 빛나는 초승달

작아도 저렇게
빛나는 달

'괜찮아 너는 충분히 잘하고 있어, 힘내'
작은 입으로 나를 응원하네요.

지친 마음은 사라지고,
새로운 힘이 채워지네요.

달이 비추는 길을 따라
달처럼 웃으며 걸어갔어요.

여름 이야기

백현서

백일홍 꽃잎이 열리면
여름이 열린다.

다시 돌아오겠다는
지난 여름의 약속

반가워
고마워
내 마음이 먼저 뛰어들면

푸른 물빛
흥겨운 사람들
파도의 웃음소리

손끝에 닿는 여름의 감촉,
여름 속에 풍덩 빠진

우리들의 이야기

별이 빛나는 밤

이한슬

그림자 속에서 너를 만나
한 순간에 시간이 멈춘 듯
시계 초침 소리조차 들려오지 않고

언제나 함께였던 그 순간
따스한 기억이 떠올라
저 깊은 곳 파도가 일렁이네

하늘 아래 별이 부족했나
닿지 않을 거리에서
괜시리 손을 뻗어본다

손가락 사이를 비집고 나와
반짝이는 별이 된
그림자 속에서 너를 만나

우리가 다시 만날 그날까지
추억은 흐르는 시간을 향해
별에 닿을 소망을 담아

나는 끝없이 흘
　　　　러
　　　　만
　　　　간
　　　　다

별이 된 친구

유현서

밤하늘에
빛나는
별
하나

벌써
별이
되었구나.

다행이야.
다행이야.

어디서든
자리 잡고
빛나면

그럼
됐어.

그늘 없는 여름

이채민

수많은 별,
같이 헤아려온 우리
작은 손에 쥔 꿈,
함께 꾸던 그때가 영원할 것 같았지.

서로에게 준 독은
상처로 흉지고
시간은 우리를 멀리 데려갔어.
언제부턴가 우린 다른 길을 가고 있었지.

쉿, 비밀이야!
우리만의 추억은 아득하고
소중했던 너
새까만 그늘이 되었지.

이젠 돌아갈 수 없는
그 여름의 햇살을 되찾을 수 있다면
지나간 바람을 잡을 수 있다면
너가 없는 곳에서 널 생각해.

다시 여름이 오면
멈춘 별 헤아리기
다시 시작하기

시험지에 시험당하지 않으려

박도현

시험지 앞에서
떨리는 손끝
심장은 파도치는 바다

아아
열심히 쌓아온 시간들,
한순간에 흩어질까 두려워도
다시 펜을 든다.

밤하늘 별처럼 수 많은 문제들이 반짝인다.
머릿속에 새겨둔 지식들,
어둠 속에서 빛을 찾듯
한 줄 한 줄 풀어간다.

실패의 그림자가 다가와도

나는 포기하지 않아.
희망의 불씨를 품고
다시 한 번 도전한다.

절망은 나를 꺾지 못해.
고통 속에서 자란 나무가
더 단단히 뿌리내리듯,
나는 더 강해질 거야.

포기하지 않는 마음,
그것이 나의 진정한 힘.
시험은 나를 시험할 뿐,
나는 그 속에서 빛날 것이다.

마음속 달콤한 구름

전수아

어린 시절 향수에 잠겨 있을 때
눈앞에 솜사탕 하나 떠오르네요
달콤한 맛과 함께 미소 지어지네요
그때 그 순간 솜사탕은
더 이상 단순한 과자가 아닌,
내 손에 품은 추억속 친구가 되어
나의 따뜻했던 추억을
한 바퀴 돌아온 듯한 기분이에요

거리를 걸어가다가
낮게 나는 구름을 발견했을 때
어린 시절의 나의 울음을 멈추어 주던
따뜻하고 폭신한 내 친구가 생각나네요
그때의 달콤한 추억에
시간을 초월한 달콤한 감성으로
내 안의 아이가 깨어나네요

그 친구 하나로
세상은 다시 환히 빛나고
내 마음은 따뜻해지네요
어른이 된 지금도
그는 나의 특별한 친구죠
언제나 달콤한 추억을 선물해주네요

그래, 그친구는
나의 과거와 현재, 미래를 이끌어 주는
내 마음속 달콤한 구름이었어요

너 떠난 후

채은지

추억 속에선 함께 있었지만,
그날은 아득히 멀고
추억의 섬에 홀로 남겨졌을 때,
기억하는 건 파도 소리 뿐이었어.

너의 부재
믿지 못해 외로움이 날 감싸는데,
외로움의 모래밭에서 사랑을 찾는 것 같았어.

너 떠난 뒤,
내 마음은 외로움의 모래밭에 파묻혀 있었어.

사랑은 어디로 갔는지,
손을 잡고 싶어
어딘가에서 들려올 너의 목소리 기다리지만.

내 마음속 깊은 곳에서 믿지 못해,
외로움은 더 깊이 파고들어,
너의 그림자 속에서 혼자 울고 있었어.

끝없이 찾아 헤매지만,
찾아낸 것은 너의 그림자뿐이었어.

해가 지면 사라질 그림자는
나를 더욱 괴롭히고

봄날에 녹아내려 스며든 추억

오나현

흩날리던 벚꽃,
봄 하늘을 수놓던 분홍빛 꽃잎,
우리 세상은 한 편의 동화 같았다.

벚꽃 터널 지나
같은 꿈을 꾸었던 그 많은 시간 지나

이제는 고등학생이라는 이름으로
책상 앞에 앉아야만 꿈을 꾼다.

언제 다시 만날 수 있을까?
벚꽃 비 함께 맞던 지난날

흩날리던 벚꽃,
봄 하늘을 수놓던 분홍빛 꽃잎,
우리 세상은 아름다운 동화 같았다.

그늘 없는 여름
—

2024년 11월 22일 초판1쇄 발행

엮은이 백미숙 **지은이** 임민정 外 62명 **펴낸이** 김성민 **편집디자인** 김경자

펴낸곳 도서출판 브로콜리숲 **출판등록** 제2020-000004호
주소 41743 대구광역시 서구 북비산로 65길 36, 2층 **전화** 010-2505-6996 **팩스** 053-581-6997
홈페이지 www.broccoliwood.com **인스타그램** broccoliwood_ **전자우편** gwangin@hanmail.net

ⓒ임민정 外 2024   ISBN 979-11-89847 43810